Collection folio junior

dirigée par
Jean-Olivier Héron
et Pierre Marchand

D1464368

Quentin Blake est l'un des illustrateurs anglais les plus célèbres et les plus féconds. Il a illustré plus de cent livres et travaille avec les plus grands écrivains britanniques. Il est en outre directeur du département « illustration » du Royal College of Art, l'équivalent londonien de nos Beaux-Arts. Ses journées sont donc si bien remplies, que ce n'est que le soir qu'il peut retrouver sa table à dessin et se livrer avec humour et entrain à la création de tous ces personnages. A le rencontrer, dans les librairies ou dans les galeries, à quatre pattes au milieu des enfants, des crayons de couleur et des feuilles de papier, comment imaginer un si sérieux professeur et si célèbre illustrateur ?

C'est au pays de Galles que **Roald Dahl** est né, en 1916. Ses parents étaient norvégiens. Il passe sa jeunesse en Angleterre et, à l'âge de dix-huit ans, part pour l'Afrique où il travaille dans une compagnie pétrolière. Pendant la Seconde Guerre mondiale, il est pilote de chasse dans la Royal Air Force. Il se marie en 1952 et depuis a quatre enfants.

Après toutes ces aventures, Roald Dahl s'est mis à écrire : des histoires souvent insolites comme *Charlie et la Chocolaterie, James et la grosse pêche, Le Cygne ;* humoristiques comme *Les Deux Gredins, La Potion magique de Georges Bouillon ;* et irrésistibles comme *Le Bon Gros Géant,* et *Sacrées sorcières,* toutes publiées dans la collection Folio Junior. Il a également raconté ses souvenirs, avec beaucoup d'humour, dans *Moi, Boy* et *Escadrille 80.*

Roald Dahl est mort le 23 novembre 1990, à l'âge de soixante-quatorze ans.

Titre original:
THE TWITS

Pour la traduction française, reproduction et adaptation réservés
pour tous les pays.

© Roald Dahl Nominee Ltd, 1980.
Éditions Gallimard, 1980, pour la traduction française,
1997, pour la présente édition.

Titre original :
THE TWITS

*Tous droits de traduction, de reproduction et d'adaptation
réservés pour tous les pays.*

© *Icarus S.A., 1980, pour le texte.*
© *Quentin Blake, 1980, pour les illustrations.*
© *Éditions Gallimard, 1980, pour la traduction française.*

Roald Dahl

Les deux gredins

*Traduit de l'anglais
par Marie-Raymond Farré*

Illustrations de Quentin Blake

Gallimard

Pour Emma

Les barbus

Vous avez vu le nombre de barbus qui parcourent les rues, de nos jours ?

Ces barbus ont souvent d'énormes barbes broussailleuses qui leur cachent entièrement la figure. Impossible de savoir à quoi ils ressemblent. Peut-être d'ailleurs, préfèrent-ils qu'on l'ignore.

D'autre part, ces barbes, il faut bien les laver, et ce ne doit pas être une mince affaire. Comme vous et moi, lorsque nous nous lavons les cheveux.

Alors, je me pose les questions suivantes : combien de fois ces barbus se lavent-ils la barbe ? Aussi souvent que nous nous lavons la tête, une fois par semaine, le dimanche soir ? Utilisent-ils un shampooing ? Un sèche-cheveux ? S'inondent-ils de lotion capillaire pour ne pas devenir chauves du menton ? Vont-ils chez le barbier se faire rafraîchir la barbe ou se la taillent-ils eux-mêmes avec des ciseaux à ongles, devant la glace de la salle de bains ?

Je n'en sais rien. Mais la prochaine fois que vous rencontrerez un barbu (probablement dès que vous mettrez le nez dehors) regardez-le de plus près et interrogez-vous.

Compère Gredin

Compère Gredin avait une énorme barbe broussailleuse qui lui couvrait la figure, sauf le front, les yeux et le nez. Ses poils formaient des épis hérissés comme les poils d'une brosse à ongles. D'affreuses touffes lui sortaient même des oreilles et des narines.

Compère Gredin avait l'impression que sa barbe lui donnait l'air particulièrement sage et noble. Mais en vérité, cela ne trompait personne. Compère Gredin était un gredin. Petit gredin dans son enfance, il était maintenant un vieux gredin de soixante ans.

Et combien de fois pensez-vous que Compère Gredin lavait sa figure hirsute ?

JAMAIS ! Même pas le dimanche.

Il ne se lavait plus depuis des années.

Une barbe dégoûtante

Tout le monde le sait, un visage sans barbe, comme le vôtre ou le mien, se salit si on ne le lave pas régulièrement. La chose n'a rien d'étonnant.

Mais pour un barbu, le problème est différent. Tout reste collé à ses poils, surtout la nourriture. La sauce, par exemple. Vous et moi, nous pouvons nous débarbouiller la figure avec un gant de toilette et avoir vite l'air plus ou moins présentable. Impossible pour les barbus.

Nous pouvons aussi, avec un peu d'attention, manger sans nous faire des moustaches. Impossible pour les barbus. Observez bien un barbu manger, et vous verrez que, même s'il ouvre grand la bouche, il lui est difficile d'avaler du ragoût, de la glace ou de la crème au chocolat sans en laisser des traces sur sa barbe.

Compère Gredin, lui, ne prenait même pas la peine d'ouvrir grand la bouche quand il mangeait. Et comme il ne se lavait jamais, les restes de ses repas se collaient à sa barbe. Soyons justes, il s'agissait de petits restes, car, en mangeant, il s'essuyait la barbe du revers de la manche ou du plat de la main. Mais si l'on y regardait de plus près (ce qui n'avait rien d'agréable !) on découvrait de petites taches d'œufs brouillés, d'épinards, de ketchup, de poisson, de hachis de foie de volaille. Bref, de toutes les choses dégoûtantes que

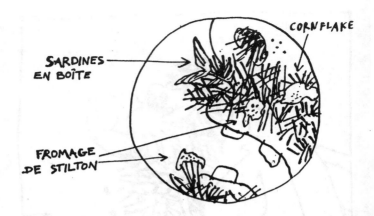

SARDINES EN BOÎTE

CORNFLAKE

FROMAGE DE STILTON

Compère Gredin aimait ingurgiter.

Si l'on s'approchait encore plus près (attention ! attention ! mesdames et messieurs, bouchez-vous le nez !) et si l'on examinait bien sa moustache en bataille, on apercevait des rogatons plus consistants qui avaient échappé au revers de sa manche depuis des mois et des mois : du fromage vert grouillant de vers, un vieux cornflake moisi et même la queue visqueuse d'une sardine à l'huile.

Avec cette barbe dégoûtante, Compère Gredin n'était jamais mort de faim. Il lui suffisait d'explorer sa jungle poilue d'un coup de langue pour trouver de quoi grignoter çà et là un morceau de choix.

Vous voyez que Compère Gredin était un vieux bonhomme sale et malodorant. Mais ce que vous allez découvrir bientôt, c'est qu'il était aussi affreusement méchant.

Commère Gredin

Commère Gredin ne valait guère mieux que son gredin d'époux.

Ce n'était pas une femme à barbe, bien sûr,

mais quel dommage ! Une barbe aurait caché un peu son effrayante laideur.

Jetez un coup d'œil sur elle.

Avez-vous jamais rencontré femme plus laide ? Cela m'étonnerait !

Détail amusant : Commère Gredin n'était pas vilaine dans sa jeunesse. Au contraire, elle était même jolie. Elle avait enlaidi en vieillissant.

Comment expliquer cette transformation ? Je vais vous répondre.

La méchanceté et l'égoïsme se lisent aussitôt sur un visage. Et, si un individu est méchant et égoïste tous les jours de la semaine pendant des années, il devient si vilain qu'il est impossible de le regarder sans frémir.

En revanche, une personne bonne et généreuse ne peut en aucun cas être laide. Vous pouvez avoir un nez en pied de marmite, une bouche en accordéon, un triple menton, des

dents de lapin, mais si vous êtes bon et géné-
reux, votre visage rayonnera et tout le monde
vous trouvera beau.

Rien de bon n'illuminait le visage de Commère Gredin.

Elle marchait en s'aidant d'une canne parce
que, disait-elle, elle avait des verrues sous la
plante du pied gauche. Mais, en vérité, sa
canne lui servait surtout à frapper les chiens,
les chats et les enfants.

Elle avait aussi un œil de verre, un œil de
verre qui regardait toujours de travers.

L'œil de verre

On peut faire des tas de tours avec un œil de verre car on l'enlève et on le remet en un clin d'œil. Soyez sûrs que Commère Gredin n'avait rien à apprendre de ce côté-là !

Un matin, mine de rien, elle jeta son œil de verre dans la chope de bière de son époux.

Compère Gredin s'assit pour siroter sa bière. La mousse formait une auréole blanche autour de ses lèvres. Il s'essuya la bouche sur

sa manche et s'essuya la manche sur son pantalon.

Commère Gredin tournait le dos à son époux, ainsi ne voyait-il pas qu'elle avait enlevé son œil de verre.

« Toi, tu mijotes une sale blague, dit-elle. Quand tu te tiens tranquille, c'est mauvais signe. »

Elle n'avait pas tort, la commère. Compère Gredin se raclait la cervelle pour trouver une blague horrible à jouer à son épouse.

« Attention, dit-elle, quand tu complotes, je t'ai à l'œil !

— Oh, la ferme, vieille sorcière ! » vociféra Compère Gredin.

Il continua de boire sa bière et son esprit

diabolique cherchait toujours une blague atroce.

Soudain, alors qu'il vidait sa chope, il aperçut l'œil de verre qui le fixait tout au fond. Il bondit comme un ressort.

« Je t'avais averti, caqueta Commère Gretin. Je t'ai à l'œil, et mon œil te suit partout. Alors... tiens-toi à carreau ! »

La grenouille

Pour se venger, Compère Gredin décida de cacher une grenouille dans le lit de son épouse.

Il attrapa une belle grenouille sur un nénuphar de l'étang, l'enferma dans une boîte en carton et la ramena au logis.

Cette nuit-là, tandis que Commère Gredin se déshabillait, le vieux gredin glissa le batracien sous les draps. Puis il se fourra au lit, guettant la suite.

Enfin prête, Commère Gredin gagna son lit et éteignit la lumière. Dans le noir, elle se gratta l'estomac, comme le font souvent les vieilles sorcières. Soudain, elle sentit quelque chose de froid et de visqueux ramper le long de ses jambes. Elle poussa un grand cri d'effroi.

« Que se passe-t-il ? demanda hypocritement Compère Gredin.

— A moi ! glapit Commère Gredin en gigotant comme un vermisseau. Il y a une bête dégoûtante dans mon lit !

— Je parie qu'il s'agit du *Grand Ver Tignasse !* Tout à l'heure, je l'ai vu se tortiller sur le parquet.

— Le... *Grand Ver Tignasse ?* bredouilla Commère Gredin.

— Oui, j'ai bien essayé de l'écraser, mais il s'est échappé, ajouta Compère Gredin. Si tu avais vu ses dents ! De vraies dents de requin !

— A moi ! aboya Commère Gredin. Sauve-moi ! Il est collé à mon pied !

— Il va t'arracher les orteils ! » dit Compère Gredin.

A ces mots, Commère Gredin s'évanouit.

Compère Gredin se leva, remplit une cruche d'eau et la renversa sur la tête de son épouse pour la ranimer. Attirée par la mare, la grenouille sortit du lit et se mit à sautiller sur l'oreiller. Les grenouilles adorent l'eau et celle-ci se régalait.

Lorsque Commère Gredin revint à elle, la grenouille était assise sur son nez. Situation fort peu agréable, la nuit, quand on est au lit. Commère Gredin poussa de nouveau un grand cri.

« Par tous les diables ! s'écria Compère Gredin, c'est bien le *Grand Ver Tignasse !* Il va te croquer le nez. »

Commère Gredin jaillit de son lit comme une fusée et descendit dormir sur le divan, au rez-de-chaussée. Quant à la grenouille, elle passa une excellente nuit sur l'oreiller !

Les spaghetti aux lombrics

Le lendemain, pour se venger, Commère Gredin se faufila dans le jardin et creusa la terre à la recherche de quelques vers. Elle découvrit de grands lombrics bien dodus, les

enferma dans une boîte en fer-blanc qu'elle cacha sous son tablier, et revint au logis.

A treize heures, elle fit bouillir des spaghetti. Puis, dans l'assiette de son époux, elle ajouta une bonne ration de vers qu'elle recouvrit de sauce tomate et de parmesan.

« Eh là ! mes spaghetti gigotent ! s'écria Compère Gredin en donnant des coups de fourchette dans le tas.

— Il s'agit d'une nouvelle marque, dit Commère Gredin qui, elle, faisait honneur à son plat (sans lombrics, bien entendu). Les spaghetti *Grouillanzi*. Mmm, délicieux ! Mange tant qu'ils sont chauds. »

Compère Gredin enroula ses spaghetti autour de sa fourchette et les fourra dans sa bouche. Bientôt, sa barbe dégoulinait de sauce.

« Ces *Grouillanzi* ne sont pas aussi bons que les autres, dit-il, la bouche pleine. Ils sont trop gluants.

— Moi, je les trouve excellents », répliqua Commère Gredin.

Elle se réjouissait de voir son gredin d'époux avaler une pleine assiettée de vers.

« Je leur trouve un arrière-goût amer, continua Compère Gredin. Oui, je t'assure, un arrière-goût amer. La prochaine fois, achète les spaghetti ordinaires. »

Commère Gredin attendit qu'il ait fini son assiette pour lui demander :

« Sais-tu pourquoi tu trouvais ces *Grouillanzi* gluants ? »

Compère Gredin s'essuyait la barbe avec la nappe.

« Non, pourquoi ? fit-il.

— Et sais-tu pourquoi ils avaient un arrière-goût amer ?

— Non, pourquoi ? répéta-t-il.

— Parce que ces spaghetti *Grouillanzi grouillaient* de vers ! » s'écria triomphalement Commère Gredin, tapant des pieds et des mains.

Et elle partit d'un grand rire de sorcière en se balançant sur sa chaise.

La canne truquée

Pour se venger, Compère Gredin inventa
un tour particulièrement diabolique.

Une nuit, alors que son épouse dormait, il
se glissa hors de la chambre, prit la canne de
la vieille et courut dans la remise. Là, il colla
au bout de la canne une petite rondelle de bois
pas plus épaisse qu'une pièce de un franc.

La canne était un tout petit peu plus longue, mais si peu que, le lendemain, Commère Gredin n'y vit que du feu !

La nuit suivante, Compère Gredin s'enferma de nouveau dans sa remise et continua sa sinistre besogne. Et ainsi de suite, chaque nuit, il collait une rondelle en s'appliquant pour que la vieille ne s'aperçoive de rien.

Jour après jour, la canne s'allongeait, mais si discrètement... Comment l'aurait-on remarqué ? Vous, par exemple, vous grandissez chaque jour, mais si lentement qu'en une semaine vous ne vous en rendez pas compte.

C'était ce qui se passait avec la canne. Commère Gredin n'avait rien remarqué alors qu'elle lui arrivait déjà à l'épaule !

« Ta canne est trop longue ! annonça un jour Compère Gredin.

— Trop longue ? répéta Commère Gredin. Ah, c'est ça ! Il me semblait bien qu'il y avait quelque chose de bizarre, mais je ne savais pas quoi.

— Oui, bizarre, en effet ! dit Compère Gredin en se retenant pour ne pas rire.

— Elle a poussé ! s'écria Commère Gredin en regardant attentivement sa vieille canne.

— Ne dis pas de bêtises ! grommela Compère Gredin. Une canne ne pousse pas comme un arbuste. Elle est en bois mort. Tu as déjà vu du bois mort pousser ?

— Alors, qu'est-il arrivé, par tous les diables ? vociféra Commère Gredin.

— Ce n'est pas ta canne qui est bizarre, c'est toi ! ricana Compère Gredin. Tu rapetisses ! Je l'avais remarqué depuis quelque temps.

— Je ne te crois pas ! cria Commère Gredin.

— Tu te ratatines, ma vieille ! affirma Compère Gredin.

— Impossible !

— Oh si ! tu te ratatines et joliment ! continua Compère Gredin. Tu as rétréci d'au moins trente centimètres, ces derniers jours.

— Jamais ! glapit-elle.

— Regarde donc ta canne, vieille bique, et tu verras bien que tu as rapetissé. *Tu as attrapé la ratatinette, l'épouvantable ratatinette !* »

Commère Gredin tremblait tellement qu'elle s'écroula sur sa chaise.

La ratatinette

Dès que son épouse fut assise, Compère Gredin la montra du doigt en hurlant :

« Tiens, la preuve ! Tu es installée sur ta bonne vieille chaise ? Eh bien, tu as tellement rétréci que tes pieds ne touchent plus le sol ! »

Commère Gredin regarda ses pieds. Ils se balançaient dans le vide ! Son vieux gredin d'époux avait raison.

Compère Gredin, voyez-vous, avait refait le coup de la canne truquée. Chaque nuit dans sa remise, il avait collé une rondelle aux pieds de la chaise pour l'allonger.

« Tu vois bien que tes jambes pendouillent ? » s'exclama-t-il triomphalement.

Commère Gredin blêmit de frayeur.

« Tu as attrapé la *ratatinette* ! brailla Compère Gredin, en la désignant toujours de son doigt menaçant. Et une belle ! Le plus terrifiant cas de *ratatinette* que j'ai jamais vu ! »

De grosses gouttes de sueur perlaient sur le front de la vieille. Mais Compère Gredin, se rappelant les spaghetti grouillants de vers, n'éprouvait aucune pitié à son endroit.

« Tu sais ce qui arrive lorsqu'on a attrapé la *ratatinette* ? fit-il.

30

— Quoi ? Qu'est-ce qui va m'arriver ? demanda-t-elle, morte de peur.

— Ta tête va se *ratatiner* dans ton cou...

» Puis ton cou se *ratatiner* dans ton tronc...

» Puis ton tronc se *ratatiner* dans tes jambes...

» Puis tes jambes se *ratatiner* dans tes pieds...

» Et, à la fin, il ne restera plus rien de toi qu'une paire de souliers et un tas de vieux habits !

— Mais je ne veux pas mourir si jeune ! s'écria Commère Gredin.

— La *ratatinette* est une maladie terrible, continua Compère Gredin, la plus terrifiante de toutes les maladies.

« — Combien de temps me reste-t-il à vivre ? cria Commère Gredin. Quand deviendrai-je un tas de vieux habits et une paire de souliers ? »

Compère Gredin prit un air doctoral.

« Au train où galope ta *ratatinette*, dit-il en secouant tristement la tête, il ne te reste pas plus d'une dizaine de jours.

— Mais, ne peut-on rien faire pour me guérir ? hurla Commère Gredin.

— Je ne vois qu'un seul remède, dit Compère Gredin.

— Dis-le-moi, dis-le-moi vite, supplia-t-elle.

— Il est temps d'agir, soupira Compère Gredin.

— Vite, ton remède ! Je ferai tout ce que tu voudras !

— Heureusement, sinon tu ne vivras pas longtemps, dit Compère Gredin avec un sourire d'hyène.

— Mais que faut-il faire ? cria Commère Gredin en s'arrachant les cheveux.

— Pratiquer la *Grande Elongation* ! » répondit Compère Gredin d'un ton solennel.

La Grande Elongation

Compère Gredin traîna Commère Gredin dans le jardin où il avait tout préparé pour la *Grande Elongation.*

Une centaine de ballons. Des ficelles.

Une bouteille de gaz pour gonfler les ballons.

Un anneau de fer fixé au sol.

« Par là ! » dit Compère Gredin.

Il désigna l'anneau et y attacha solidement les chevilles de son épouse.

Puis il gonfla les ballons de gaz et les ficela au cou, aux bras, aux poignets et même aux cheveux de Commère Gredin.

Bientôt, cinquante ballons multicolores flottaient au-dessus de la tête de la vieille.

« Tu sens que tu t'allonges ? demanda Compère Gredin.

— Ça marche ! Je me *dératatine* ! cria Commère Gredin. Je m'étire comme un élastique ! »

Il ajouta dix autres ballons. Commère Gredin se sentit irrésistiblement attirée vers le ciel.

Complètement tendue, elle ne pouvait plus bouger le petit doigt. La malheureuse était prisonnière, pieds et poings liés, à la merci de son époux. Et le gredin pensait la laisser ainsi suspendue entre ciel et terre, un jour ou deux, afin de lui donner une bonne leçon. Il allait donc la planter là, lorsqu'elle ouvrit son grand clapet :

« Vérifie que je suis bien attachée au sol, dit-elle étourdiment. Si les ficelles craquent, je suis perdue ! »

Commère Gredin aurait mieux fait de se taire... Elle venait de donner à son gredin d'époux une idée encore plus horrible !

Commère Gredin
part sur la lune

« Ces ballons pourraient m'emporter sur la lune ! s'écria Commère Gredin.

— *T'emporter sur la lune* ! s'exclama Com-

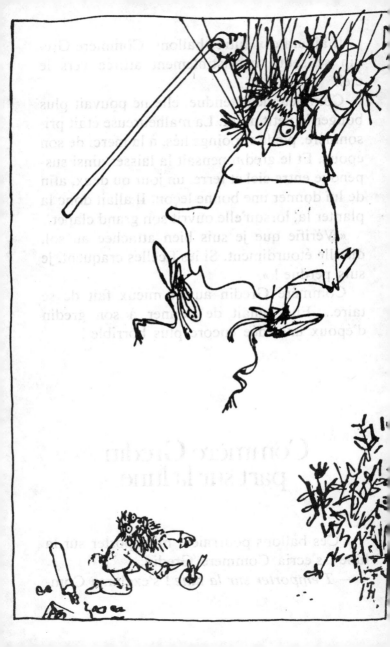

père Gredin. Quelle idée abominable ! Grand Dieu ! Je serais bien malheureux si pareille chose arrivait !

— Et moi donc ! renchérit Commère Gredin. Attache vite d'autres ficelles à mes chevilles, je me sentirai plus tranquille.

— J'y cours, mon ange ! » dit l'époux avec un sourire de vampire.

Il s'agenouilla près de l'anneau, sortit son canif de sa poche et, d'un seul coup, d'un seul, trancha les ficelles qui rattachaient Commère Gredin à la terre ferme.

La malheureuse fut projetée à la verticale comme une fusée.

« Au secours ! hurla-t-elle. A moi ! »

Hélas ! rien ni personne ne pouvait plus la sauver. En quelques secondes, elle était déjà un petit point noir dans le ciel bleu et continuait à monter, monter, monter...

En bas, Compère Gredin se frottait les mains.

« Lancement réussi ! Sur la lune, la vieille harpie ! Quel coup de chance inespéré ! J'en suis débarrassé à jamais ! »

Commère Gredin
descend du ciel

Commère Gredin avait beau être laide et méchante, elle n'était pas bête.

En montant dans l'azur, elle eut une idée géniale.

« Si je lâche quelques ballons, pensa-t-elle, je redescendrai ! »

Elle mordilla une à une les ficelles et les ballons s'envolèrent. Au fur et à mesure, elle ralentissait.

Quand elle eut lâché vingt ballons, elle resta même suspendue, immobile dans les airs.

Elle mordilla une vingt et unième ficelle, lâcha un vingt et unième ballon...

Alors, très très lentement, elle commença à descendre.

Aucune brise ne troublait cette magnifique journée. Commère Gredin était montée à la verticale, et elle redescendit toujours à la verticale, au-dessus de son jardin.

Son jupon était gonflé comme un parachute et l'on voyait ses longues culottes bouffantes. Quel incroyable spectacle ! A des kilomètres à la ronde, des milliers d'oiseaux vinrent admirer cette extraordinaire vieille femme descendue du ciel comme par miracle !

Une grêle de coups de canne

Compère Gredin croyait s'être débarrassé
définitivement de sa gredine d'épouse. Assis
dans le jardin, il fêtait l'événement en buvant
une chope de bière.

Pendant ce temps, Commère Gredin descendait, descendait en silence. Lorsqu'elle
arriva à hauteur du toit, juste au-dessus de son

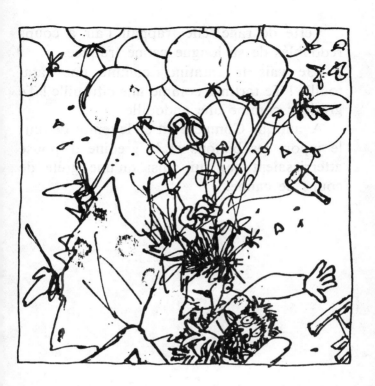

époux, elle se mit à lui corner aux oreilles :

« Me voilà, vieux bouc en fête ! Vieil ours mal léché ! Vieux hibou empaillé ! »

Compère Gredin bondit, comme si une guêpe venait de le piquer, et lâcha la chope. Il leva les yeux et resta bouche bée, haletant, proférant quelques sons inarticulés :

« Uuuughhh ! Aaaarghhh ! Ouuuchhh ! »

— Tu vas me payer ça ! » criait Commère Gredin qui fonçait droit sur lui.

Verte de rage, elle frappait l'air à coups redoublés de sa longue canne truquée.

« Je vais te ratatiner comme une ratatouille ! Te tartiner comme une citrouille ! Te gratiner comme une andouille ! »

Avant que Compère ait eu le temps de fuir, le jupon, les ballons et la gredine d'épouse atterrissaient sur lui ainsi qu'une grêle de coups de canne.

La maison, l'arbre et la cage

Mais arrêtons-nous là. Nous n'allons pas continuer à raconter les mille blagues répugnantes que se faisaient ces répugnants per-

sonnages. Notre histoire commence à peine...

Voici un dessin représentant la maison et le jardin des deux gredins. Quelle sinistre maison ! On dirait une prison, et vous avez vu ? Pas de fenêtre !

« On n'a pas besoin de fenêtre, avait décidé Compère Gredin en bâtissant la maison. Je ne veux pas que les voisins viennent nous épier ! »

Compère Gredin ne songeait pas un seul instant qu'on construit des fenêtre pour regarder à l'extérieur (et pas pour que les voisins viennent nous épier !)

Et comment trouvez-vous leur jardin ? Epouvantable, n'est-ce pas ? Commère Gredin, qui en était l'ange gardien, y faisait pousser des mauvaises herbes.

« J'aime les chardons et les orties, disait-elle. Ça nous protège des enfants, ces sales petits fouinards. »

Près de la maison, on peut voir la remise de Compère Gredin.

De l'autre côté, voici le Grand Arbre Mort. Il n'a pas de feuilles puisqu'il est mort.

Non loin de l'arbre, la cage aux singes. Quatre singes y sont prisonniers. Ils appartiennent à Compère Gredin. Nous allons bientôt en reparler...

La tarte aux oiseaux

Une fois par semaine, les deux gredins dînaient d'une tarte aux oiseaux. C'était Compère Gredin qui attrapait les oiseaux et Commère Gredin qui les faisait rôtir.

Pour attraper ses proies, Compère Gredin avait un truc. Le mardi après-midi, il grimpait, à l'aide d'une échelle, sur le Grand Arbre Mort, avec un seau de glu et un pinceau. Il utilisait la glu *Eternelle*, la glu la plus gluante de tous les temps. Il barbouillait les branches puis retournait dans sa remise.

Au coucher du soleil, les volatiles des alentours venaient se percher sur le Grand Arbre

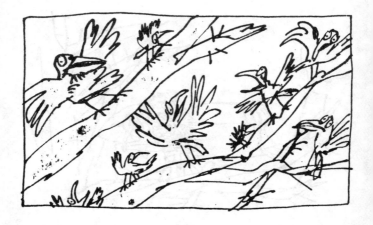

Mort pour y passer la nuit. Ils ne savaient pas, les pauvres, qu'ils allaient être collés par cette satanée glu *Eternelle*. A peine avaient-ils posé les pattes sur les branches qu'ils restaient cloués sur place.

Le lendemain, armé de son échelle et d'un panier, Compère Gredin partait récolter ces infortunés oiseaux. Il les ramassait tous, grives, merles, moineaux, corbeaux, roitelets, rouges-gorges. Et ils finissaient rôtis dans la tarte du mercredi.

Quatre gamins
sur un arbre perchés

Un mardi après-midi, après que Compère Gredin eut barbouillé son arbre de glu, quatre petits garçons se glissèrent dans le jardin pour voir les singes. Qu'importe chardons et orties quand il y a des singes comme attraction ! Au bout d'un moment, ils se mirent à explorer le jardin et découvrirent l'échelle, au pied du Grand Arbre Mort. Ils décidèrent d'y monter, pour s'amuser. Ce n'était pas bien méchant, après tout.

Le lendemain, lorsque Compère Gredin vint cueillir les oiseaux, il trouva quatre malheureux petits garçons collés aux branches par le fond de leur pantalon. Mais de volatiles, point. (La présence des enfants les avait effrayés.)

Compère Gredin, furieux, éclata :

« Tant pis ! Je vais remplacer les oiseaux par des gamins ! »

Il grimpa à son échelle.

« La tarte aux gamins est certainement meilleure que la tarte aux oiseaux, continua-t-il avec un sourire d'ogre. Plus de chair et moins de petits os. »

Les enfants frissonnèrent plus morts que vifs.

« Il veut nous faire cuire dans sa marmite ! cria l'un d'eux.

— Il va nous jeter dans l'huile bouillante ! gémit le second.

— Nous allons mijoter dans sa cocotte » sanglota le troisième.

Mais le quatrième, qui gardait son calme, leur murmura :

« Chut, j'ai une idée. Nous sommes collés par le fond de nos pantalons. Alors, vite ! Ôtons nos pantalons et filons ! »

Compère Gredin avait atteint le sommet de son échelle et il allait saisir le premier gamin lorsque soudain... les quatre enfants se laissèrent tomber comme des pommes mûres et s'enfuirent, leurs quatre petits derrières à l'air.

Le Grand Cirque
Tête en Bas

Maintenant, retournons à nos singes.

Les quatre singes prisonniers formaient une famille : Bob l'Acrobate, sa femme et ses deux enfants.

Qu'est-ce que Compère et Commère Gredin pouvaient donc fabriquer avec ces animaux ?

Eh bien, dans leur jeunessse, ils avaient dressé des singes dans un cirque. Ils leur apprenaient quelques tours, par exemple s'habiller, fumer la pipe et autres stupidités...

Compère Gredin était à la retraite mais il continuait son travail. Il rêvait d'avoir un jour son cirque, le plus grand du monde, le *Grand Cirque Tête en Bas.*

Dans ce cirque de rêve, les singes exécuteraient tous les numéros tête en bas. Ils devraient danser, jouer du football et se tenir en équilibre les uns sur les autres tête en bas. (Bob l'Acrobate au-dessous et le plus petit singe au-dessus.) Ils devraient même boire et manger tête en bas, ce qui n'est guère facile, car, dans cette position, l'eau et la nourriture vous remontent le long de la gorge au lieu de redescendre. En fait, c'est pratiquement impossible, mais les singes devaient quand même réussir ce tour, sinon on ne leur donnait rien à boire ni à manger.

Tout cela vous semble absurde ? Je suis d'accord avec vous et les singes donc ! Ils détestaient faire ces ridicules exercices tête en bas. Marcher sur la tête pendant des heures leur donnait le vertige. Quelquefois, les deux petits singes s'évanouissaient car le sang leur *descendait* à la tête. Mais Compère Gredin n'en avait cure. Il les forçait à s'entraîner six heures par jour et s'ils n'obéissaient pas, Commère Gredin arrivait à toute allure en brandissant sa redoutable canne.

L'Oiseau Arc-en-Ciel

Bob l'Acrobate et sa famille rêvaient de s'échapper et de retrouver leur jungle natale, en Afrique.

Ils détestaient ces deux gredins qui leur empoisonnaient la vie.

Ils les détestaient aussi parce qu'ils attrapaient des oiseaux pour les manger.

« Filez, oiseaux ! leur hurlaient-ils en sautant et gesticulant dans la cage. Ne vous perchez pas sur ce Grand Arbre Mort ! Il est barbouillé de glu ! Filez ! »

Mais les oiseaux anglais ne comprennent pas le langage des singes africains. Aussi, n'écoutaient-ils pas leurs conseils et finissaient-ils dans la tarte du mercredi.

Un jour, un magnifique oiseau descendit du ciel et atterrit sur la cage.

« Juste ciel ! s'écrièrent les singes en chœur. L'Oiseau Arc-en-Ciel ! Que fais-tu donc en Angleterre ? »

L'Oiseau Arc-en-Ciel venait d'Afrique, comme les singes, et il parlait la même langue.

« Je suis venu passer quelques jours de vacances, répondit-il. J'aime voyager. »

Il déploya ses splendides ailes de toutes les couleurs de l'arc-en-ciel et, d'un air plein de noblesse, baissa les yeux vers les singes.

« Voyager coûte très cher à la plupart des gens, continua-t-il. Mais moi, je vole sans souci de pays en pays.

— Sais-tu parler aux oiseaux anglais ?

— Bien sûr, répondit l'Oiseau Arc-en-Ciel. Ce n'est pas intéressant de visiter un pays sans connaître la langue de ses habitants.

— Alors, agissons vite ! dit Bob l'Acrobate. Aujourd'hui, c'est mardi. Là-bas, tu vois ce répugnant bonhomme enduire de glu les branches du Grand Arbre Mort. Ce soir, avertis les oiseaux ! S'ils se perchent dessus, ils périront ! »

Le soir-même, l'Oiseau Arc-en-Ciel voltigeait autour du Grand Arbre Mort en chantant :

Attention ! Piège à glu !
Ne vous perchez pas dessus !
Ou vous finirez rôtis
Dans la tarte du mercredi !

Pas de tarte du mercredi

Le lendemain matin, Compère Gredin sortit avec son grand panier. Mais sur le Grand Arbre Mort, il n'y avait pas un seul oiseau. Ils étaient tous perchés sur la cage aux singes, ainsi que l'Oiseau Arc-en-Ciel. Et tous, singes et oiseaux, se moquèrent de la mine allongée de Compère Gredin.

Pas de tarte du jeudi

Compère Gredin adorait la tarte aux oiseaux et il n'avait pas l'intention d'attendre une semaine pour manger son plat préféré. Le jour même, il décida de contre-attaquer. Il enduisit de glu le toit de la cage aux singes ainsi que les branches du Grand Arbre Mort.

« Cette fois-ci, je vous aurai ! » gromme-
la-t-il.

Les singes observaient attentivement la
scène. Le soir, lorsque l'Oiseau Arc-en-Ciel
descendit du ciel pour bavarder avec eux, ils
s'écrièrent :

« Ne te pose pas sur la cage, Oiseau
Arc-en-Ciel ! Elle est couverte de glu et l'arbre
aussi ! »

Au coucher du soleil, l'Oiseau Arc-en-Ciel
voltigea autour de la cage et du Grand Arbre
Mort en chantant :

> *Attention ! Pièges à glu !*
> *Ne vous perchez pas dessus !*
> *Ou vous finirez rôtis*
> *Dans la tarte du jeudi !*

Les deux gredins contre-attaquent

Le lendemain matin, lorsque Compère Gredin sortit avec son grand panier, il n'y avait toujours pas d'oiseaux à cueillir, ni sur la cage ni sur le Grand Arbre Mort. Ils étaient tous allégrement perchés sur le toit de la maison, ainsi que l'Oiseau Arc-en-Ciel. Singes et oiseaux hurlèrent de rire en voyant la mine allongée de Compère Gredin.

« Je vous apprendrai à rire, moi ! cria Compère Gredin. La prochaine fois, je vous attraperai, futiles volatiles ! Je vous tordrai le cou et vous mijoterez dans ma cocotte avant le coucher du soleil !

— Comment vas-tu t'y prendre ? demanda Commère Gredin qui, attirée par les cris, était venue voir ce qui se passait. Je n'aimerais pas beaucoup que tu barbouilles de glu le toit de la maison ! »

Compère Gredin s'approcha de son épouse et lui chuchota à l'oreille, afin que ni oiseaux ni singes n'entendent :

« J'ai une excellente idée. Allons en ville acheter des fusils. Qu'en penses-tu ?

— Génial ! s'écria Commère Gredin avec un sourire qui découvrit ses longues dents jaunes. Nous achèterons même des mitraillettes.

— D'accord, approuva Compère Gredin. Ferme bien la maison. Moi, je jette un coup d'œil sur les singes. »

Compère Gredin se dirigea vers la cage.

« Attention ! aboya-t-il de sa terrifiante voix de dompteur. Les uns sur les autres tête en bas ! Vite ! Sinon, la canne de mon épouse vous caressera les côtes ! »

Docilement, les pauvres singes se mirent sur la tête et grimpèrent les uns sur les autres, Bob l'Acrobate en dessous et le benjamin au-dessus.

« Maintenant, restez dans cette position ! ordonna Compère Gredin. Surtout, ne bougez pas et gardez l'équilibre ! A notre retour, dans

deux ou trois heures, il faut que vous soyez exactement dans la même position ! Compris ? »

Sur ce, Compère Gredin s'éloigna avec son épouse.

Et les singes restèrent seuls, avec les oiseaux.

Bob l'Acrobate a une idée

Dès que les deux gredins eurent le dos tourné, les singes dégringolèrent sur leurs pattes.

« Va vite chercher la clef ! cria Bob l'Acrobate à l'Oiseau Arc-en-Ciel, toujours perché sur le toit de la maison.

— Quelle clef ? demanda l'Oiseau Arc-en-Ciel.

— La clef de notre cage, bien sûr ! répondit Bob l'Acrobate. Elle est suspendue à un clou, dans la remise. Compère Gredin la range toujours là. »

L'Oiseau Arc-en-Ciel s'envola et revint, la clef au bec. Bob l'Acrobate étendit le bras à travers les barreaux de la cage et prit la clef. Il l'introduisit dans la serrure, la tourna et la porte s'ouvrit. Les quatre singes bondirent au-dehors.

« Enfin nous sommes libres ! s'écrièrent les

deux petits singes. Mais où aller, papa ? Où nous cacher ?

— Allons, du calme ! dit Bob l'Acrobate. Ne vous énervez pas. Avant de fuir cet horrible endroit, nous devons nous venger.

— Nous venger ? répétèrent les petits singes.

— Au tour de ces affreux gredins d'avoir la tête en bas !

— Tu plaisantes, papa ! s'exclamèrent les petits singes.

— Absolument pas ! répliqua Bob l'Acrobate. Nous allons leur faire faire un numéro de cirque : tête en bas et jambes en l'air !

— Ne dis pas de bêtises ! intervint l'Oiseau Arc-en-Ciel. Ces gargouilles grimaçantes n'accepteront jamais !

— Mais si ! s'écria Bob l'Acrobate. Nous les forcerons à rester sur la tête pendant des heures. Peut-être même pour toujours ! Ils verront un peu !

— Comment ? demanda l'Oiseau Arc-en-Ciel. Explique-moi comment. »

Bob l'Acrobate pencha la tête et eut un petit sourire en coin.

« De temps en temps, dit-il, il m'arrive d'avoir des idées géniales. Cette fois, j'en ai trouvé une. Venez avec moi, mes amis ! Venez ! »

Et il se dirigea vers la maison.

« Des seaux et des pinceaux ! dit-il. Voilà ce qu'il nous faut ! Il y en a des tas dans la remise ! Dépêchez-vous ! »

Dans la remise de Compère Gredin se trouvait un énorme pot de glu *Eternelle*, la glu qu'il utilisait pour attraper les oiseaux.

« Remplissez vos seaux et entrons ! »
ordonna Bob l'Acrobate.

Commère Gredin avait caché la clef de la
porte d'entrée sous le paillasson (Bob l'avait
vue faire). Il était donc facile d'entrer. Armés
de seaux de glu et de pinceaux, les quatre
singes et l'Oiseau Arc-en-Ciel pénétrèrent
dans la maison.

Le grand barbouillage

« Voici la salle à manger, annonça Bob
l'Acrobate. La fameuse salle à manger où ces
deux vieux croûtons mangent la tarte aux oiseaux du mercredi.

— Ne me parle plus de tarte aux oiseaux, je
t'en prie, coupa l'Oiseau Arc-en-Ciel. Ça me
donne la chair de poule !

— Ne perdons pas de temps ! s'écria Bob
l'Acrobate. Vite, la première partie de mon
plan. Nous allons barbouiller de glu tout le
plafond. N'oublions pas un seul coin !

— Le plafond ? crièrent les autres. Et pourquoi ?

— Je n'ai pas le temps de répondre à vos questions, répondit Bob l'Acrobate. Faites ce que je vous ordonne sans discuter.

— Mais comment barbouiller le plafond de glu ? demandèrent les trois singes. Il est beaucoup trop haut !

— Les singes peuvent grimper partout ! » cria Bob l'Acrobate.

Il était tout excité. Agitant son seau et son pinceau, il sautillait dans la pièce.

« Allons-y ! Allons-y ! répétait-il. Montez les chaises sur la table ! Grimpez sur les chaises ! Grimpez les uns sur les autres ! L'Oiseau Arc-en-Ciel peut peindre en volant ! Ne restez pas là, bouche bée ! C'est urgent, vous m'entendez ? Ces deux terribles gredins peuvent revenir à tout moment, et cette fois avec des fusils ! Au travail, je vous en supplie ! Allons-y ! Allons-y ! »

Alors commença le grand barbouillage du plafond. Les oiseaux qui étaient perchés sur le toit de la maison entrèrent à tire-d'aile avec des pinceaux pour les aider. Des buses, des canards sauvages, des piverts, des pies, des corneilles, des corbeaux et d'autres encore. Tous se mirent à peindre comme des fous et ils étaient si nombreux que le travail fut fini en un rien de temps.

Le tapis au plafond

« Et ensuite ? piaillèrent les oiseaux et les singes en se tournant vers Bob l'Acrobate.

— Ah ! ah ! s'écria Bob l'Acrobate. Maintenant, on va bien s'amuser ! On va préparer le tour le plus renversant de tous les temps ! Prêts ?

— Prêts ! dirent les singes.

— Prêts ! dirent les oiseaux.

— Enlevez le tapis ! cria Bob l'Acrobate. Ecartez les meubles, tirez le tapis et collez-le au plafond !

— Au plafond ! répéta un petit singe. Mais c'est impossible, papa !

— Tais-toi ou c'est toi que je colle au plafond ! coupa Bob l'Acrobate.

— Il est maboul !

— Zinzin !

— Siphonné !

— Givré !

— Cinglé !

— Dingo ! s'exclama l'Oiseau Arc-en-Ciel.
A force de rester tête en bas, il a perdu la
boule !

— Arrêtez de ricaner et donnez-moi un
coup de main, dit Bob l'Acrobate en prenant
un coin du tapis. Tirez, petits imbéciles, tirez ! »

Le tapis rouge et or recouvrait entièrement
le parquet de la salle à manger. Ce n'était pas
facile de l'enlever avec tous ces meubles.

« Tirez ! Tirez ! » criait Bob l'Acrobate,
sautillant comme un diablotin et donnant des
ordres à chacun.

Comprenez son excitation ! Après avoir passé des mois et des mois tête en bas, il lui tardait de voir ces deux gredins dans la même situation. Il espérait bien que son plan marcherait...

Ho hisse ! Les singes et les oiseaux tiraient, et le tapis fut hissé jusqu'au plafond puis collé.

Le plafond était maintenant tapissé de rouge et d'or.

Les meubles au plafond

« Maintenant, la table, la grande table ! hurla Bob l'Acrobate. Renversez-la ! Enduisez de glu chaque pied ! Puis nous la collerons au plafond ! »

La manœuvre fut difficile mais bientôt la table se retrouva collée au plafond.

« Espérons que la glu est assez forte et que la table tiendra ! s'écrièrent les singes et les oiseaux.

— C'est la glu la plus forte du monde ! répliqua Bob l'Acrobate. Spéciale pour coller les oiseaux sur un arbre perchés !

— Je t'en prie, dit l'Oiseau Arc-en-Ciel. Je t'ai déjà demandé de ne pas faire allusion à ce douloureux sujet. Imagine que deux gredins mangent de la tarte aux singes le mercredi, et que tous tes amis aient péri rôtis ! Ça te plairait que je t'en parle à tout bout de champ !

— Excuse-moi, fit Bob l'Acrobate. Je suis tellement énervé que je ne sais plus ce que je dis. Aux chaises maintenant ! De la glu à chaque pied ! Collons-les à leurs places, au plafond ! Dépêchez-vous ! Ces deux répugnants personnages peuvent revenir à tout moment avec leurs fusils ! »

Les singes, aidés des oiseaux, barbouillèrent de glu les pieds des chaises et les collèrent au plafond.

« Au tour des petites tables ! hurla Bob

77

l'Acrobate. Puis le divan ! Le buffet ! Les lampes ! Les cendriers ! Les bibelots ! Et cet affreux gnome en plastique sur le buffet ! Tout, absolument tout, doit être collé au plafond ! »

Le travail était extrêmement minutieux. En particulier, coller tous les objets à leur place exacte, au plafond. Mais oiseaux et singes vinrent à bout de leur tâche.

« Et maintenant ? » demanda l'Oiseau Arc-en-Ciel à bout de souffle.

Il était si fatigué qu'il pouvait à peine battre des ailes.

« Maintenant, les tableaux ! cria Bob l'Acrobate. Accrochons-les à l'envers en haut des murs ! Et que l'un de vous aille voir d'un coup d'ailes si ces affreuses fripouilles arrivent.

79

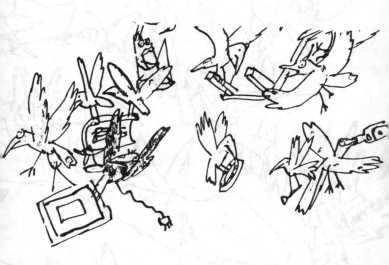

— J'y vais, dit l'Oiseau Arc-en-Ciel. Je me percherai sur les fils du téléphone et je monterai la garde. Ça me reposera. »

Les corbeaux attaquent

La renversante mise en scène venait d'être achevée lorsque l'Oiseau Arc-en-Ciel arriva brusquement en piaillant :

« Les voila ! les voilà ! »

Les oiseaux retournèrent sur le toit de la maison et les singes se précipitèrent dans leur cage, les uns sur les autres, tête en bas. Quelques instants plus tard, Compère et Commère Gredin entraient dans le jardin en brandissanᵗ d'énormes fusils.

« Je suis heureux de constater que les singes n'ont pas bougé, dit Compère Gredin.

— Ils sont trop bêtes pour désobéir, dit Commère Gredin. Tiens, regarde, ces effrontés d'oiseaux sont encore sur le toit ! Rentrons charger nos beaux fusils et pan-pan-pan ! vive la tarte aux oiseaux ! »

Au moment où les deux gredins s'apprêtaient à entrer dans leur logis, deux corbeaux noirs armés de pinceaux piquèrent vers eux. Au passage, ils jetèrent de la glu sur le crâne des canailles. Seulement quelques gouttes. Mais les vieux s'en aperçurent quand même.

« Quelle horreur ! s'écria Commère Gredin. Ces affreux corbeaux viennent de faire leurs saletés sur moi !

— Sur moi aussi ! hurla Compère Gredin. Je l'ai bien senti !

— N'y touche pas ! cria Commère Gredin. Tu te salirai les mains ! Allons nous laver.

— Les sales bêtes ! vociférait Compère Gredin. Je parie qu'il l'ont fait exprès. Attendez que j'ai chargé mon fusil ! »

Commère Gredin ramassa la clef sous le paillasson (où Bob l'Acrobate l'avait soigneusement replacée) et les deux gredins ouvrirent la porte.

Les deux gredins tête en bas

« Mais... que se passe-t-il ? bredouilla Compère Gredin en entrant dans la salle à manger.

— C'est un cauchemar ! » cria Commère Gredin.

Ils se trouvaient au milieu de la pièce, les yeux fixés au plafond. Tous les meubles, la grande table, les chaises, le divan, les lampes, les petites tables, le casier à bouteilles, les bibelots, le chauffage électrique, le tapis, tout, tout était au plafond. Ils voyaient les tableaux à l'envers sur les murs. Et le sol, là où ils marchaient, était absolument nu. Mieux encore, il

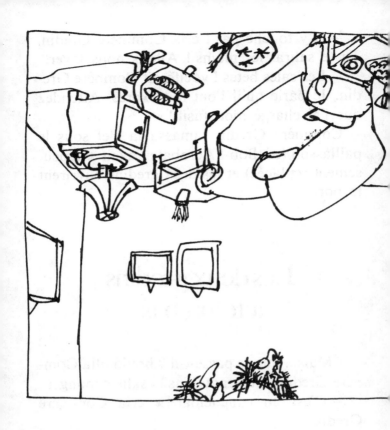

avait été peint en blanc pour ressembler au plafond.

« Regarde ! glapit Commère Gredin. Le parquet ! *Le parquet est au-dessus de nous !* Ça, c'est le plafond ! Nous marchons au plafond !

— *Nous avons la tête en bas !* tonna Com-

père Gredin. Ce doit être ça ! *Nous marchons au plafond et nous regardons le sol.*

— A moi ! cria Commère Gredin. J'ai le vertige !

— Moi aussi, moi aussi ! vociféra Compère Gredin. Quelle horrible impression !

— Nous avons la tête en bas et le sang me

descend à la tête ! piailla Commère Gredin. Il
faut absolument trouver une solution et vite, je
sens que je vais mourir !

— J'ai trouvé ! brailla triomphalement
Compère Gredin. Puisqu'on est tête en bas,
remettons-nous tête en haut et tout redevien-
dra normal. »

Ils posèrent leur tête sur ce qu'ils croyaient
être le plafond. Et bien sûr, la colle que les
corbeaux leur avaient jetée sur le crâne adhéra
au sol. Ils étaient collés, *éternellement englués*
aux planches du parquet.

Les singes qui avaient déserté leur cage dès
que les deux gredins étaient rentrés chez eux

observaient la scène à travers une fente de la porte. Puis ce fut le tour de l'Oiseau Arc-en-Ciel. Et tous les oiseaux, les uns après les autres, vinrent jeter un coup d'œil sur ce numéro de cirque Tête en Bas !

Les singes enfin libres !

Ce soir-là, Bob l'Acrobate et sa famille rejoignirent la grande forêt, en haut de la colline. Sur l'arbre le plus haut, ils bâtirent une merveilleuse cabane. Les plus gros oiseaux, les corneilles, les pies et les corbeaux construisirent leurs nids tout autour, si bien que du sol, la cabane était à l'abri des regards.

« Vous ne pourrez quand même pas rester là éternellement, dit l'Oiseau Arc-en-Ciel.

— Pourquoi pas ? demanda Bob l'Acrobate. L'endroit nous plaît.

— Tu changeras d'avis en hiver, dit l'Oiseau Arc-en-Ciel. Je ne crois pas que les singes aiment le froid, n'est-ce pas ?

— Bien sûr que non ! s'écria Bob l'Acrobate. Les hivers sont très froids ici ?

— Il neige et il gèle, répondit l'Oiseau Arc-en-Ciel. Quelquefois, l'air est si glacial qu'au réveil, des oiseaux se retrouvent les pattes gelées et ne peuvent plus s'envoler.

— Alors que faire ? demanda Bob l'Acrobate. Ma femme, mes enfants et moi, nous allons mourir de froid !

— Pas du tout, répliqua l'Oiseau Arc-en-Ciel. Dès que les premières feuilles tomberont des arbres, en automne, vous rentrerez en Afrique à tire-d'aile, avec moi.

— Ne dis pas de bêtises ! s'exclama Bob l'Acrobate. Les singes ne volent pas.

— Vous volerez à bord du Super Jet Arc-en-Ciel ! dit l'Oiseau Arc-en-Ciel. Sur mon dos ! Vol gratuit pour les amis ! »

La terrifiante ratatinette

Quant aux deux gredins, ils étaient toujours collés au parquet de la salle à manger, dans leur horrible maison.

« C'est ta faute ! hurla Compère Gredin qui gigotait désespérément. C'est *toi*, vieille bique, qui a commencé à bondir et à crier : "On a la tête en bas ! On a la tête en bas !"

— Et c'est *toi* qui as eu l'idée qu'on se mette tête en haut pour que tout redevienne normal, espèce de vieux bouc ! aboya Commère Gredin. On ne se détachera jamais ! On est collés pour la vie !

— Toi, peut-être ! dit Compère Gredin. Mais moi, pas ! Je vais me sauver de ce pas ! »

Il se battit et se débattit, se tordit et se tor-

tilla, se tourna et se retourna, se pelotonna et se rétracta... Mais là glu *Eternelle* le collait au sol aussi solidement qu'elle avait collé les malheureux oiseaux sur le Grand Arbre Mort. Il restait toujours à l'envers, tête en bas.

Les têtes n'ont pas été faites pour être tête en bas. Si vous vous tenez trop longtemps tête en bas, il arrive une chose épouvantable, et c'est ainsi que Compère Gredin eut le plus beau choc de sa vie. Sa tête commençait à se *ratatiner* ! Très vite, elle avait disparu complètement dans les replis charnus de son cou flasque.

« Je me *ratatine* ! gargouilla-t-il.

— Moi aussi ! cria Commère Gredin.

— Au secours ! Sauve-moi ! Appelle un

91

médecin ! hurla Compère Gredin. J'ai attrapé la *terrifiante ratatinette* ! »

Mais oui, Compère Gredin avait attrapé cette épouvantable maladie, et Commère Gredin aussi. Cette fois-ci, il ne s'agissait pas d'une plaisanterie, mais de la réalité.

Alors, leurs têtes se *ratatinèrent* dans leurs cous...

Leurs cous se *ratatinèrent* dans leurs troncs...

Leurs troncs se *ratatinèrent* dans leurs jambes...

Leurs jambes se *ratatinèrent* dans leurs pieds...

Une semaine plus tard, par un bel après-midi ensoleillé, un nommé Fred vint sonner à la porte pour faire le relevé du gaz. Comme personne ne répondait, il jeta un coup d'œil à l'intérieur et aperçut, sur le sol de la salle à manger, deux tas de vieux habits, deux paires de souliers et une canne. C'était tout ce qui restait des deux gredins.

Alors, tout le monde (même Fred) cria : «Ouf ! »

Table

Achevé d'imprimer
en septembre 1995
sur les presses de
l'Imprimerie Hérissey
à Évreux (Eure)

Loi Nº 49-956 du 16 juillet 1949
sur les publications destinées à la jeunesse

Nº d'imprimeur : 70678
Dépôt légal : septembre 1991
1er dépôt légal dans la même collection : octobre 1980
ISBN 2-07-033141-5

Imprimé en France

74796